Vente du Jeudi 18 Janvier 1877

HOTEL DROUOT, SALLE N° 3

A DEUX HEURES

TABLEAUX ANCIENS

DES DIFFÉRENTES ÉCOLES

PARMI LESQUELS DES ŒUVRES REMARQUABLES

DE

C. Coypel, H. Fragonard, Mignard

Kalf, Otto Marcellis, J. Weenix, Th. Wyk, A. Canaletto

Guido Reni

EXPOSITION PUBLIQUE

Le Mercredi 17 Janvier 1877, de une heure à cinq heures

Mᵉ ESCRIBE	M. ROUILLARD
COMMISSAIRE-PRISEUR	EXPERT
Rue de Hanovre, n° 6.	Rue d'Assas, n° 68.

PARIS — 1877

CATALOGUE

DE

TABLEAUX

ANCIENS

DES DIFFÉRENTES ÉCOLES

DONT LA VENTE AUX ENCHÈRES AURA LIEU

HOTEL DROUOT

SALLE N° 3

Le Jeudi 18 Janvier 1877

A DEUX HEURES

Par le ministère de **Me ESCRIBE**, Commissaire-Priseur,
rue de Hanovre, 6,

Assisté de **M. ROUILLARD**, Peintre-Expert, rue d'Assas, 68,

CHEZ LESQUELS SE DISTRIBUE LE PRÉSENT CATALOGUE.

EXPOSITION PUBLIQUE

Le Mercredi 17 Janvier 1877, de une heure à cinq heures.

PARIS — 1877

CONDITIONS DE LA VENTE

Elle sera faite expressément au comptant.

Les Acquéreurs paieront CINQ CENTIMES PAR FRANC, en sus des enchères, applicables aux frais de vente.

DÉSIGNATION

DES

TABLEAUX

ÉCOLE FRANÇAISE

BERTIN (N.)

1 — Ariane abandonnée dans l'île de Naxos.

BILCOQ

2 — Soldats en goguette.

BOUCHER (D'après F.)

3 — Sylvie délivrée par Aminte.

BOUCHER (D'après F.)

4 — Danaé.

BOUCHER (D'après F.)

5 — Tête de jeune femme endormie

CARESME

6 — Festin d'amour.

CHARDIN (Manière de S.)

7 — Portrait d'une jeune dame vêtue d'une robe bleue, une rose à son corsage.

COYPEL (C.)

8 — Renaud dans les jardins d'Armide.

Composition capitale. Œuvre des plus importantes de ce maître gracieux.

COYPEL (A.)

9 — Une Femme, la tête ornée d'un diadème et dans un riche costume, est assise près d'un trépied contenant des charbons ardents; elle en tient un qu'elle vient de saisir avec une pince dans le brasero.

DETROY (J.-F.)

10 — Joseph fuyant la femme de Putiphar.

DETROY (J.-F.)

11 — Jason protégé par Médée fait la conquête de la Toison d'or.

FRAGONARD (H.)

12 — Vénus victorieuse.

Tenant la pommé de la main gauche; de la droite, elle montre une colombe. Toile d'un pinceau hardi et savant.

FRAGONARD (H.)

13 — L'Amour.

Toile faisant pendant au précédent tableau.

ÉCOLE FRANÇAISE

14 — Portrait d'une jeune fille vêtue d'un riche costume bleu brodé d'or et d'un manteau de velours.

ÉCOLE FRANÇAISE

15 — Portrait de femme, présumé celui de la duchesse de Bourgogne, en robe bleue et manteau rouge.

ÉCOLE FRANÇAISE

16 — Effet d'hiver.

Non loin d'un château entouré d'eau, par un effet de neige, des patineurs et des dames en riches costumes font des courses en traîneaux.

GÉRICAULT (Attribué à T.)

17 — Jument et son Poulain dans une écurie.

GREUZE (D'après J.-B.)

18 — Tête de jeune femme (Étude).

GREUZE (École de J.-B.)

19 — Jeune Femme (Tête d'expression).

GREUZE (D'après J.-B.)

20 — La Cruche cassée.

HARDY (C.)

21 — Lièvre, Perdrix et autres Volatiles.

HUET (J.-B.)

22 — Une jeune Bergère assise enlace son mouton favori d'une guirlande de fleurs.

LAWREINCE (Attribué à)

23 — Portrait de jeune fille en costume de l'époque de Louis XVI.

LENAIN (A.)

24 — Concert après le repas.

LENAIN (M.)

25 — Jeunes Enfants se partageant des fruits.

MIGNARD (P.)

26 — Portrait de Louis XIV.

Jeune homme vêtu en costume romain.

Les portraits de Louis XIV à cet âge sont assez rares.

MIGNARD (École de P.)

27 — Portrait d'une abbesse supérieure de l'abbaye de Laval.

OUDRY (J.-B.)

28 — Paysage : la Chasse aux canards sauvages.

OUDRY (J.-C.)

29 — Natures mortes : Perdrix, Fruits et Quartier de viande.

RAOUX (Attribué à)

30 — La Géométrie représentée par une jeune femme mesurant le globe de la terre un compas à la main.

RESTOUT (J.), le jeune

31 — Massacre d'un grand-prêtre près de l'autel des faux dieux.

VALLIN

32 — Jeune Femme enveloppée d'un voile de gaze transparente.

VANOS (Signé J.-H.)

33 — Étude d'arbres sur la lisière d'une forêt.

ÉCOLE ANGLAISE

LAWRENCE (Attribué à Sir Thomas)

34 — Portrait de femme vêtue d'une robe blanche.

Elle tient un petit enfant dans ses bras.

Esquisse.

ÉCOLE FLAMANDE

BALEN (Van)

35 — Jésus enfant dans les bras de la sainte Vierge est adoré par deux saints.

BESCHET (B.)

36 — Jésus chassant les marchands du Temple.

BLOEMEN (VAN)

37 — Paysan conduisant des chevaux à la porte d'une écurie. Au premier plan, une chèvre.

BOUT et BAUDEWINS

38 — Le Sac d'une ville.

Une ville en flammes est pillée par des soldats.

CRAYER (G. DE)

39 — Le Christ en croix.

GRIFF (A.)

40 — Devant une habitation sont placés à terre divers gibiers morts et, sur une table, des légumes et des ustensiles de cuisine.

GRIFF (A.)

41 — Lièvre et Perdrix dans un paysage.

GRIFF (A.)

42 — Paysage.

Groupe de gibiers morts avec chiens chassant des canards sauvages.

JORDAENS (J.), D'après RUBENS

43 — Hercule combattant le lion de Némée.

MANDER (C.-V.)

44 — Paysans au repos.

Près d'une tente, au premier plan, un homme monté sur un cheval blanc en tient un autre en bride ; à droite, un petit garçon et une petite fille.

VEN (VAN)

45 — Grotesques (Grisaille).

Sur bois.

W. (Signé), *m. f.*

46 — Jésus au milieu des Docteurs.

ECOLE HOLLANDAISE

BERGHEM (Attribué à N.)

47 — Animaux passant un gué.

BOL (Signé F.-B.)

48 — Par une marée basse, des ouvriers du port sont occupés à charger des barques de marchandises.

BRAUWER (Attribué à A.)

49 — Musiciens ambulants.

BYLRT (F.)

50 — La Diseuse de bonne aventure.

CUYP (J.)

51 — Paysage maritime avec figures de chasseurs et de pêcheurs au premier plan.

Sur des plans éloignés, des barques de pêcheurs éclairées par les rayons d'un soleil couchant.

Bois.

DOES (Signé Van der)

52 — Jeunes Pâtres gardant leurs troupeaux.

DROOGSLOOT

53 — Une Fête de village enrichie de nombreuses figures.

EECKHOUTE (Van den)

54 — Tête d'homme à barbe blanche dans un costume oriental.

GRAAT (Signé Bernard)

55 — Cavalier et Dame faisant de la musique sous un péristyle de palais.

GRIFFIER (J.)

56 — Paysage. Vue prise sur les bords du Rhin.

HÉDA

57 — Nature morte.

Pain, verre à pied et autres objets sur une table.

HELST (Van der)

58 — Jeune Enfant partageant son déjeûner avec un petit chien blanc.

Dans un intérieur, à droite, est un drapeau, un tambour et une tocque à plumes.

KALF (Signé W.)

59 — Intérieur de cuisine avec nombreux accessoires.

Un des plus importants du maître.

Sur bois.

LUIS (Signé N.-L.)

60 — **Nature morte.**

Huîtres, citron dans un verre et autres accessoires d'un fini précieux.

Sur bois.

MARCELLIS (Signé Otto)

61 — **Plantes, Reptiles et Papillons.**

D'un fini précieux et de la plus belle exécution.

POEL (Van der)

62 — **Habitation rustique avec figures et volatiles.**

Sur bois.

POEL (Signé Van der E.)

63 — **Dans un village, un château est incendié et mis au pillage par des soldats.**

Toile capitale et remplie de mouvement.

POEL (Signé)

64 — **Marine.**

A la plume.

SCHOWAERTS

65 — Un Port de mer avec marché aux poissons, orné de nombreuses figures spirituellement touchées.

STORCK (Signé A.)

66 — Vue de Monuments d'une ville de Hollande, avec de nombreuses figures.

Cadre en bois sculpté.

VLIÉGER (S.)

67 — Marine. Navire s'éloignant du port.

Sur bois.

WEENINX

68 — Dans un paysage, groupe de gibiers morts gardés par un chien.

Œuvre capitale du maître.

Cadre en bois sculpté.

WEENINX (J.-B.)

69 — Nature morte.

Lièvre, perdrix, fruits et autres accessoires.

WITT (Emmanuel de)

70 — Intérieur d'église avec figures.

Petit tableau d'une exécution remarquable de ce maître recherché.

WYK (Signé Thomas)

71 — Dans un paysage, au pied d'une tour en ruines, non loin d'un pont, une famille de paysans se repose. Se détachant sur un ciel lumineux.

Les tableaux de ce maître sont rares; celui-ci est important et d'un beau faire.

ÉCOLE ALLEMANDE

KAUFFMANN (Attribué à A.)

72 — Une Bacchante.

KAUFFMANN (Attribué à A.)

73 — Une Nymphe.

MENGS (Raphael)

74 — Vénus et l'Amour sur les eaux.

MENGS (Raphael)

75 — Vénus couchée, lutinée par des Amours.

ROTTENHAMER

76 — L'Age d'argent.

Tableau capital.

Sur bois.

ÉCOLE ITALIENNE

CANALETTO et TIEPOLO (A.)

77 — Vue des bords du grand canal à Venise, avec monuments et barques.

Nous croyons les figures de Tiepolo.

CARRACHE (F.)

78 — Le Christ mort pleuré par sa mère et par des anges.

Belle esquisse terminée.

CORRÈGE (D'après A.)

79 — Jupiter, sous la forme d'un nuage, séduit la nymphe Io.

CRIVELLI

80 — Divers Groupes de gibiers accrochés et étendus sur une table.

GIORGIO (Signé B.), 1507

81 — Le Miroir magique, scène cabalistique.

ÉCOLE GOTHIQUE (Italienne)

82 — Dans un paysage, d'une exécution très-précieuse, saint Gérôme est debout; près de lui, son lion.

Sur bois.

GUIDO RENI, dit le GUIDE

83 — Hercule filant aux pieds d'Omphale.

LONGHI

84 — Singes et Guenons dansant au son de la musique d'un orchestre improvisé.

LONGHI

85 — Vêtus en costume militaire, des singes sont entrain de batailler dans un corps de garde, pendant que d'autres personnages les regardent.

PRIMATICE (École de)

86 — Jeune Femme, symbolisant la Charité, donnant le sein à un petit enfant accompagné de plusieurs autres.

Sur bois.

PRIMATICE (École de)

87 — Tête de femme.

RANOUZZI

88 — Paysage avec figure (Effet de soleil couchant)

RAPHAEL (D'après Sanzio)

89 — L'Ange Michel terrassant le Démon.

SALVATOR ROSA

90 — Paysage. Vue d'une campagne d'Italie

LE TITIEN (D'après)

91 — Ariane entourée de faunes et de satyres.

VARANA (G.)

92 — Le Denier de César.

ZAMPIERI (Attribué à), dit le DOMINIQUIN

93 — Martyre de sainte Agnès.

ZUCCARELLI

94 — Paysage avec figures et animaux, dans la manière de Dughet.

Vve Renou, Maulde et Cock, impr^rs de la Compagnie des Commissaires-Priseurs, rue de Rivoli, 144. 72081

Monsieur Desraisons, propre
77 Bd des Chantiers 77
Versailles

Paris le 18 février 1878

Monsieur Desraisins

vous m'avez offert de garder quelques tableaux
madame Sureau me prie de vous demander à garder
puisque vous l'avez offert, deux tableaux le peintre
et le laboratoire de chimie, d'autant que j'avais
fait décharbouiller complètement ces deux tableaux et
vernir ensuite.

vous avez l'obligeance de me faire savoir quand
on vendra, ne serait-ce que pour faire monter la vente

agréez Monsieur toutes mes civilités

L. Sureau de la Vaux

J. B. Malicie

RED. :

www.ingramcontent.com/pod-product-compliance
Ingram Content Group UK Ltd.
Pitfield, Milton Keynes, MK11 3LW, UK
UKHW022150260726
13993UKWH00005B/2278

9 782329 311319